MONSIEUR

LICORNE

se croit plus que parfait

MONSIEUR LICORNE

se croit plus que parfait

Bob Shea

Texte français de France Gladu

SCHOLASTIC

Catalogage avant publication de Bibliothèque et Archives Canada

Shea, Bob
[Unicorn thinks he's pretty great. Français]
Monsieur Licorne se croit plus que parfait / Bob Shea ;
texte français de France Gladu.

Traduction de : Unicorn thinks he's pretty great.
ISBN 978-1-4431-4772-9 (couverture souple)
I. Titre. II. Titre: Unicorn thinks he's pretty great. Français.

PZ23.S4853Mon 2015   j813'.6   C2015-902167-7

Édition publiée par les Éditions Scholastic, 604, rue King Ouest, Toronto
(Ontario) M5V 1E1 avec la permission de Hyperion Books for Children.

5 4 3 2 1   Imprimé en Chine 38   15 16 17 18 19

À Ryan et à sa maman magique

Les choses ont beaucoup changé ici,
depuis l'arrivée de Monsieur Licorne.

Je me trouvais très chouette
en allant à l'école sur ma bicyclette.

Jusqu'à ce que ce m'as-tu-vu s'y rende en volant!

Un jour, j'ai préparé des carrés
à la guimauve qui étaient presque réussis.

Mais lui, il a fait
pleuvoir des petits gâteaux!

Puis, quand j'ai présenté
mes super pas de danse au
grand concours de talents...

il a fait un numéro de cabrioles génial et
a remporté le premier prix!

Et ce n'est pas tout!
Il y a bien pire!
Regardez ce tour de magie
que j'ai inventé...

Frrrt
Frrrt

Pendant que vous aviez
les yeux fermés, voilà
ce que j'ai trouvé derrière
votre oreille!
Pas mal, n'est-ce pas?

Quand j'ai voulu montrer mon tour
exceptionnel à l'école, Monsieur Licorne,
lui, transformait tout en or!
Je ne suis pas de taille!

Monsieur Licorne de malheur!
Il se croit si parfait!

Comment peut-on être ami
avec ce gars-là?!

Je suis Monsieur Licorne,
je suis super génia-a-al!

Et patati,
et patata...

Moi, je ne suis pas d'accord.
Flûte, le voilà qui vient.

Mais quelle est donc cette odeur
de rêve?

Une pizza au fromage de chèvre!
Je suis de la famille des chèvres.

Ah bon!

Vous faites du fromage, vous?
Les licornes n'en font pas.
Est-ce que je peux goûter?

Quel fromage **merveilleux!** Si crémeux! Délicieux!

C'est aussi très bon émietté
sur les boîtes de conserve
ou les déchets.

Je t'envie!

Je ne peux manger que des paillettes
et des arcs-en-ciel... à cause de mon
estomac trop fragile.

Waouh!

Ils sont chouettes, tes sabots!
Je les trouve **splendides!**

Vraiment?
C'est parce qu'ils
sont fendus.
Ils se séparent
en deux.

Ça me permet d'escalader
les pentes escarpées
et d'atteindre le sommet
des montagnes.

Bon sang!
Je ne peux pas en faire autant!
Mes fichus sabots sont bien ordinaires.

Ne sois pas si dur envers toi-même!
Regarde cette corne magnifique
que tu as sur le front.
Elle est vraiment extraordinaire!

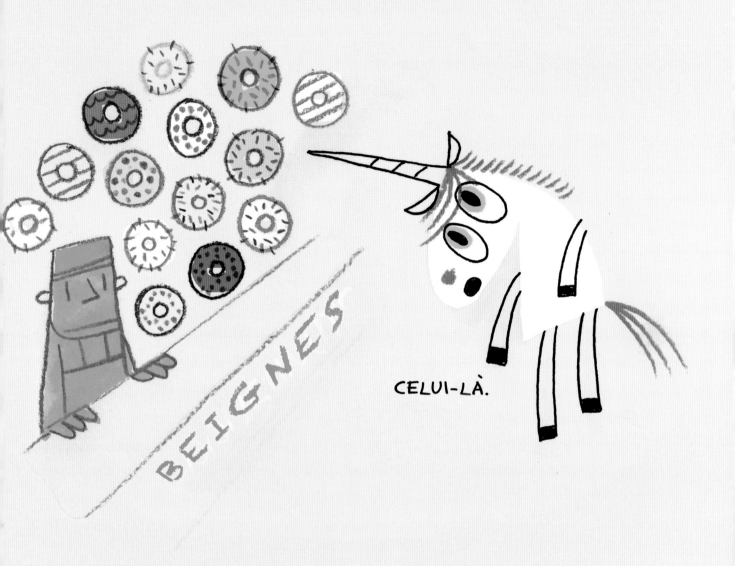

CELUI-LÀ.

BEIGNES

Bof, c'est juste pour faire joli.
Je ne m'en sers que pour montrer.

J'aime le soccer, mais je ne peux pas jouer.

Une tête, et **tout est terminé!**

Cette corne n'est vraiment pas pratique!

Pour toi, c'est différent.
Tes cornes sont sûrement parfaites
pour jouer au soccer!

J'ai une super idée...
Avec ta magie et
mon côté génial...

nous allons former un tandem du tonnerre!

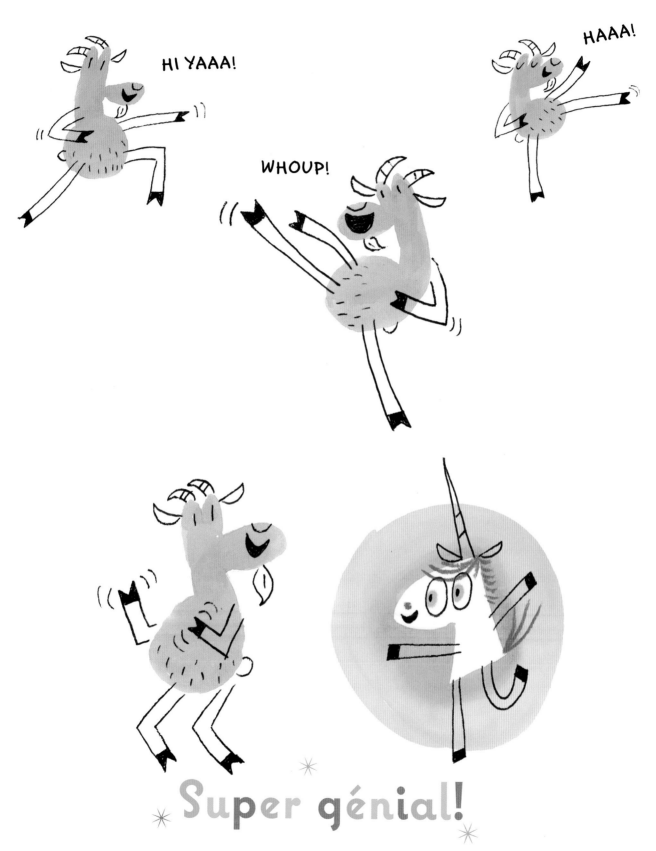

Super génial!

Mais nous pourrions aussi aller jouer au parc.

Tu sais...
  je me doutais dès le départ que nous allions
  devenir amis.